KB043286

사찰이 시를 읊다

사찰이 시를 읊다

1판 1쇄 : 인쇄 2017년 05월 29일
1판 1쇄 : 발행 2017년 05월 31일

지은이 : 이수진
펴낸이 : 서동영
펴낸곳 : 서영출판사

출판등록 : 2010년 11월 26일 제 (25100-2010-000011호)
주소 : 서울특별시 마포구 성미산로 187, 아라크네빌딩 5층
전화 : 02-338-7270 팩스 : 02-338-7161
이메일 : sdy5608@hanmail.net

그 림 : 박덕은
디자인 : 이원경

ⓒ2017이수진 seo young printed in seoul korea
ISBN 978-89-97180-72-1 04810
ISBN 978-89-97180-00-4(set)

사찰이 시를 읊다

2017 · 서영

이수진 시인의 제2시집 출간을 축하하며

　이수진 시인의 닉네임이 '물안개'에서 '다래향'으로 바뀌었다. 어디론가 흘러가 버릴 것 같은 '물안개'의 이미지에서 이제는 이웃에게 향긋함으로 남고자 하는 '다래향'의 소망, 그 이미지가 깃들어 있는 인생을 살아가려는 것일까.

　요즘 들어, 이수진 시인의 창작 활동이 심상치 않다. 시, 시조, 가사문학, 수필 등의 장르를 넘나들더니, 충주문학관 문학상 장원 수상을 비롯하여 샘터 시조 문학상 수상, 부산문화글판 공모 수상, 서래섬배 백일장 수상 등을 잇달아 따내고 있다.

　아프리카tv "낭만대통령의 문학 토크"에도 거의 개근하다시피 하며, 꾸준하고도 열정적인 작품 활동을 하고 있다. 그러다, 이번에는 그동안 두루 다녔던 전국 사찰들을 시적 형상화의 그릇에 담아 놓았다. 그 시들을 한자리에 모아, 이렇게 사찰시집으로 묶어 놓으니, 참 신비롭고 신선하고 아름답다.

이수진 제1시집 [그리움이라서] 속에 펼쳐지고 있는 시의 이미지, 시의 리듬, 시상의 흐름, 시적 형상화 등은 그다지 어렵지 않은 일상의 시어들을 통해, 자연스레 이끌어 나가는 시어의 배치, 되도록 선명한 이미지 구현을 위해 여러 지각적 이미지들의 입체화, 낯설게 하기를 통해 새로운 해석, 구상과 추상의 적절한 배합 등과 어우러져 다채로운 사색의 길을 체험할 수 있도록 해놓고 있었다. 이를 통해 시의 특질을 만나 대화 나눌 수 있도록 배려하고 있었고, 독자들이 시를 만나 친숙해지고, 시 속으로 빨려들어 와 함께 즐길 수 있도록 길을 터 주고 안내하는 역할을 잘 감당하고 있었다.

자, 그러면 이수진 제2시집 [사찰이 시를 읊다]에서는 어떤 시의 특질을 구비하고 있을까, 지금부터 탐색의 시간을 갖도록 하자.

낙엽 밟는 발걸음
저리 애틋하고

붉게 타들어 가는 기도
가슴 촉촉이 물들이네

만어산 갈바람은
운해 끌어안고

설화 묻어 둔 바위는
마알간 갈빛으로 불타네

절 마당 둥근 돌 힘겨루기 나서면
연등들은 줄지어 두 손 모아 불 밝히네

웅장한 석벽 불상은 목탁 소리 휘감은 채
상흔 새겨 자리 지키고

감긴 눈 타고 흐르는 간절함
장삼 어깨에 내려앉아 미륵전 바라보네

미륵 돌에 새겨진 용왕의 아들 전설에
무서리 내리자
풍경 소리는 전각마다 흩어지네.
　　　　　　　　　　－ 〈만어사〉 전문

　이 시의 시적 화자에게 낙엽 밟는 발걸음은 애틋하다.
또한 붉게 타들어가는 기도는 가슴 촉촉이 물들이고 있
다. 시각 이미지와 기관감각 이미지와 촉각 이미지가 서
로 어우러져 길을 가고 있다. 만어사로 가는 길에 시야
에 들어오는 정경을 마치 시어로 스케치하듯 그려내고
있다. 운해를 끌어안은 만어산 갈바람, 마알간 갈빛으로

사찰이 시를 읊다

불타는 설화 바위, 둥근 돌 힘겨루기에 나선 절 마당, 줄지어 두 손 모아 불 밝히는 연등들, 목탁 소리 휘감은 채 상흔 새겨 자리 지키고 있는 석벽 불상, 장삼 어깨에 내려앉아 미륵전 바라보는 간절함, 미륵 돌 전설 위에 내린 무서리, 전각마다 흩어지는 풍경 소리 등등, 어느 것 하나 이미지 구현에 소홀함이 없다. 마치 이미지로 여행하는 듯하다. 시의 특질 중 하나가 '이미지 구현'과 '낯설게 하기'라 한다면, 이 시의 특질을 잘 구비하고 있는 시를 쓰고 있는 이수진 시인, 멋스럽다.

등운산 들꽃 향기
가운루에 피어나면
새털구름
우화루 내려다보며
외로움 적셔 놓네

호젓한 숲길에 노을 드리우면
누각의 솔향 흩어져
인연의 흔적 덮고
바랑 메고 들어서는 그리움은
본산 휘감아 애틋하네

계곡 가로지르는 연민

끝없이 흘러내리구
잊혀진 상흔 들춰 보다
극락전 앞뜰에 오도마니 서 있네

툇마루 앉아
갈빛 먼산 바라보다
고즈넉한 풍광 끌어안으면
간절한 목탁 소리 홀로 산책하네.

- 〈고운사〉 전문

이 시에서의 시적 화자는 등운산 들꽃 향기를 맡고 있다. 그 향기가 가운루에 피어나고 있다. 새털구름은 우화루를 내려다보면서 외로움을 적셔 놓고 있다. 구상(우화루)과 추상(외로움)의 어우러짐, 시각 이미지(내려다보며)와 촉각 이미지(적셔 놓네)가 절묘히 손잡고 있다. 2연에서는 시각 이미지(호젓한 숲길, 노을 드리우면)와 후각 이미지(누각의 솔향)가, 또 구상(흔적, 바랑 메고, 본산 휘감아)과 추상(인연, 그리움, 애틋하네)이 조화로움을 이뤄내고 있다. 3연에서도 계곡 가로지르는 연민(추상)이 끝없이 흘러내리다 잊혀진 상흔(구상) 들춰 보더니, 어느새 극락전 앞뜰에 오도마니 서 있다(구상). 이처럼 추상의 세계를 구상의 세계로 자연스레 이미지 구현을 해놓고 있어 시를 읽어 가는 독자의 가슴에 저절로 그림이 그려지게 해놓고 있다. 마지막 연

사찰이 시를 읊다

에서 시적 화자는 툇마루에 앉아 갈빛 먼산 바라보고 있
다. 고즈넉한 풍경을 끌어안는 바로 그 순간 간절한 목탁
소리가 홀로 산책하는 모습이 보인다. 이미지의 역할이
시 구석구석을 돌아다니며 아름답게 채색하고 있다. 그
와 더불어 시적 화자의 내면이 실감나게 표출되고 있다.

　불영산 굽이굽이 아늑한 풍경
　펼쳐 놓고
　철따라 무늬옷 갈아입는 꽃들
　늘푸른 수행의 향기 되네

　해맑은 풍경 소리
　정법루에 내려앉고
　사색길 이끄는 독경 소리
　나그네의 마음밭을 파고드네

　정갈한 소박함이 그대로
　노산 폭포 장쾌한 소리 품어 안고
　청솔 늘어진 일주문 밖
　고색 짙은 비석은 줄지어 서 있네

　소 누워 있는 형상의 영지는
　우비샘 넘쳐흐르고

사시사철 흐르는 감로수 위로 흩어지면
다층 석탑 연등 밝히네.

- 〈청암사〉 전문

이 시에서의 시적 화자는 불영산 풍경을 바라보고 있
다. 산자락에 철따라 피어나는 꽃들이 늘푸른 수행의 향
기가 된다고 느낀다. 그때 들려오는 풍경 소리와 독경 소
리가 마음밭으로 파고든다. 이번에는 노산 폭포의 장쾌
한 소리 품어 안고, 청솔 늘어진 일주문 밖에 줄지어 서
있는 고색 짙은 비석, 누워 있는 영지, 스님의 무명 자르
는 듯한 기도 소리를 만난다. 사시사철 흐르는 감로수,
연등 밝히는 다층 석탑까지 모두 선명한 이미지로 형상
화되어 있다. 이수진 시인의 강점은 어느 연이나 서술에
의존하지 않고, 구석구석 이미지 구현에 의존하고 있다
는 점이다. 쉽지 않는 시적 형상화를 밀도 있게 전개함
으로써, 시의 특질에 한층 가깝게 들어가 서 있다. 그리
하여, 사찰의 세계를 딱딱하지 않게 친근한 시선으로 접
근하고 있다.

우뚝 솟은 기암괴석
오산 자락에

옛 이름 묻고 자리하네

담쟁이넝쿨
간절함 돌돌 말아
약사전 이끌고

대숲 소리
바위벽 끌어안고
대웅전에 내려앉네

손톱으로 새겨 놓은
선인의 흔적
기다림 되어 바람 휘감고

돌계단 발길 잡아놓고
섬진강
추억 자락 펼치면

다소곳이 모아놓은
두 손 위로
기도 소리 몰려들고

지리산 바라보는

가슴밭에
풍경 소리 흩어지면

도선굴 틈새
힘겹게 빠져나온 빛
참선하네.

- 〈사성암〉 전문

이 시에서의 시적 화자는 우뚝 솟은 기암괴석부터 오산
자락, 담쟁이넝쿨, 약사전, 대숲, 바위벽, 대웅전, 선인의
흔적, 돌계단, 섬진강, 지리산, 도선굴 등을 이미지로 차
례차례 다루고 있다. 그러면서 기다림 되어 바람 휘감고,
추억 자락 펼치면, 기도 소리 몰려들고, 가슴밭에 풍경
소리 흩어지면, 힘겹게 빠져나온 빛 참선하네 등의 표현
으로 구상과 추상을 자유자재로 결합시켜 미묘한 감칠맛
을 이끌어내고 있다. 그리하여 추상의 세계가 마치 현실
의 세계로 나와 살아 꿈틀거리는 듯 해놓고 있다. 시가 서
술의 미가 아니라 묘사의 미임을 강조하고 있는 듯하다.

태화산 빼곡한 송림 사이로
길 한 자락 내어줄 때
참 나를 찾아가네

산수유 자목련 향기는
이미 사라졌지만
푸른 꿈 걸쳐 있고

빛 솟아나는 할인봉 아래
오층 석탑 애틋한 목탁 소리
흘러간 세월 회상하는 듯하네

향나무 한 그루 마음에 심으니
그 향기
사바세계로 이끌고

천년 묵은 싸리 기둥 반야용선 되어
극락교 건너오는 간절한 기도
대웅전에 서려 있네.

- 〈마곡사〉 전문

　이 시에서의 시적 화자는 태화산 빼곡한 송림 사이로
걸어가고 있다. 참 나를 찾고 싶어서, 걸어가는 시적 화
자에게 산수유와 자목련이 다가온다. 하지만 산수유와
자목련은 이미 사라지고 없고 푸른 꿈만 걸쳐져 있다. 빛
솟아나는 할인봉 아래에서는 오층 석탑이 서 있는데, 이
석탑에서 들려오는 목탁 소리는 흘러간 세월을 회상하고

있는 듯하나. 목탁 소리가 의인화 되어, 인격체로 자리하고 있다. 이때 시적 화자는 향나무 한 그루를 마음에 심는다. 그러자 그 향기가 사바세계로 이끌어 간다. 더불어 극락교 건너오는 간절한 기도는 어느새 대웅전으로 달려가 정좌하고 있는 듯하다. 이 시에서도 후각 이미지와 청각 이미지와 시각 이미지, 구상과 추상 등의 조화로움을 기초로 한 디코럼이 빛을 발하고 있다. 앞으로 현대시가 나아가야 할 방향에 맞게 표현 기법들을 잘 활용한 시적 형상화에 자꾸 눈길이 간다.

바랑 둘러메고 화양산 오르면
구산선문 자리잡고

너럭바위에 쌓아 올린 돌탑
간절함 서려 아려온다

용 계곡 품은 바위산
행자는 간 곳 없고
솔향은 황톳길 흩날리며 길 나서고

싸리나무는 번뇌 쓸어가며
일주문 들어선다

관솔불 피워 올렸던 노주석
화마에도 굳건히 지켜온 극락전
독경 펼쳐 읊조리고

옛 선사의 향기는
적조 탑비의 단아함 돌고 돌며 기도한다

남훈루 바라보는 오솔길이
설법 품고 침류교 건너면
산죽이 바람을 잠재우고

목탁 소리는 솔잎 스쳐
기연담에 내려앉고
마애불 신선은 미소 머금고 서 있다.

- 〈봉암사〉 전문

　　이 시에서의 시적 화자는 바랑을 둘러메고 화양산에 오
르고 있다. 구산선문을 거쳐 너럭바위에 쌓아 올린 돌탑
에 시선을 멈췄다가 용 계곡 품은 바위산을 감상한다. 그
리고는 솔향 흩날리는 황톳길로 들어선다. 일주문을 향
하여 서 있는 싸리나무와 동행하다가 관솔불 피워 올렸
던 노주석, 독경 읊조리고 있는 극락전으로 향한다. 적조
탑비를 돌고 돌며 기도하다가 남훈루 바라보는 오솔길

을 걷는다. 침류교 건너 산죽을 만난다. 이윽고 만난 목
탁 소리, 기연담과 마애불 신선, 그 미소까지 가슴에 담
는다. 여기서도 구상(바람, 화양산, 구산선문, 너럭바위, 돌탑, 용
계곡, 바위산, 행자, 솔향, 향톳길, 싸리나무, 일주문, 관솔불, 노주석,
적조 탑비, 남훈루, 오솔길, 침류교, 산죽, 바람, 목탁 소리, 솔잎, 기
연담, 마애불)과 추상(간절함, 번뇌, 단아함, 기도, 설법)이 빈틈없
이 얽혀 시적 형상화의 터널을 만들어 놓고 있다. 그래
서 이수진 시인의 시들은 긴장이 적절히 갖춰진 시로 읽
혀지는 것 같다.

어머니 품속 같은 두 물줄기
미륵 신앙 안고 흐르고

모악산 기슭에 피어난 법향이
해탈교 건너면

미륵삼존불 미소 머금고 앉아
반가이 맞이한다

고목 사이로 얼굴 내민 벚꽃향은
기도로 기쁨 안겨 주는 가람에 흩어지고
역사의 흔적 묻은 방등 계단에 법문 펼친다

사찰이 시를 읊다

미륵전은
기다림에 염주 돌리고 있고

동학 농민 꿈꾸던 강증산은 불법 품고
민중의 비원은 묵언이 된다

전각마다 자비의 빛 비추어
뭇 보살들 꿈꾸는 정토 세계 이뤄 놓는다.
                    - 〈금산사〉 전문

　이 시에서의 시적 화자는 미륵 신앙 안고 흐르고 있는
두 물줄기를 만난다. 모악산 기슭에서 피어난 법향이 해
탈교를 건너고 있다. 미륵삼존불이 미소로 반가이 맞아
주고, 고목 사이에서 벚꽃향은 기도로 기쁨 안겨 주는 가
람에 흩어진다. 미륵전은 누군가를 기다리며 염주 돌리
고 있고, 강증산은 불법과 민중의 뜻을 안고 묵언으로 앉
아 있다. 그리고 자비의 빛 비추는 전각마다 보살들이 꿈
꾸는 정토 세계가 펼쳐져 있다. 무거운 불교 용어들인데
도, 선명한 이미지들과 어우러지니, 마치 친숙한 이웃에
온 듯 낯설지 않다. 불교 용어와 불교 세계마저 친근하게
만들어 버리는 이미지 구현이 여기서도 빛을 발하고 있
다. 또한 시시때때로 자리하고 있는 의인화 기법(해탈교를
건너는 법향, 미소 머금고 앉아 있는 미륵삼존불, 고목 사이로 얼굴 내

빌어 기도도 시름 인시 무고, 빙능 제틴해 법신 벌치는 멧씻인, 비루
전은 염주 돌리고, 불법 품고 묵언이 된 강증산)이 돋보인다. 그래
서 이수진 시인의 손에 들어가면, 모든 사물은 의인화의
기법에 의해 인격체로 살아나, 대화하고, 소통하고, 나아
가 비전의 확대를 이뤄 놓고 있다.

해풍에 밀려오는 번뇌
가인봉에 올라 해탈에 이르고

산과 바다 어우러진 산맥은
능가산에 솟구쳐 어깨 편다

석단 위 전각들은
염주 돌리며 간절함 풀어 주고

오염된 맘을 산림욕으로 씻겨내고
봉래루에 걸터앉는다

전나무 터널 걸어가는 기도 소리
오솔길을 대웅전까지 이끌어 놓으면

괘불탱화 화려함이
불심으로 용봉도 날게 한다

눈만 바라보고 걸으라는 백의관음보살
천왕문 앞세워 두고

서해의 진주 변산반도의 법화경
펼쳐 놓고 법화 신앙 알린다

풍경 소리 내려앉으니
연못의 수련 피어나 법향 피워대고

해안선사 부도비 위 목탁 소리
흩어져 심신 달랜다

맑은 바람 그리우면 내소사 가라
나무 향기 생각나면 내소사 가라

이 문구 새겨진 도량에는
법문 소리만 가득하다.

- 〈내소사〉 전문

 이 시에서의 시적 화자는 번뇌가 해풍에 밀려 가인봉
에 올라 해탈에 이르고 있음을 목격한다. 산과 바다와 어
우러진 산맥은 능가산에서 솟구쳐 어깨를 펴고 있고, 석
단 위 전각들은 염주 돌리며 간절함을 풀어 주고는 오염

된 마음을 산림욕으로 씻겨낸 뒤 봉래루에 길터있는다. 전나무 터널을 걸어가는 기도 소리는 오솔길을 대웅진까지 이끌어 놓는다. 백의관음보살은 법화경 펼쳐 놓고 법화 신앙 알린다. 풍경 소리가 내려앉은 자리인 연못엔 수련이 피어나 법향 피우고, 해안선사 부도비 위 목탁 소리는 심신을 달래 주고, 도량에는 법문 소리 가득하다. 맑은 바람 그립고 나무 향기 생각나면 내소사에 가라. 그음성이 들리는 듯하다. 시의 행 곳곳에 의인화 기법과 디코럼 기법과 이미지 구현이 서로 손잡고 시의 특질을 끝까지 이끌고 있어 보기 좋다.

소백산맥 힘차게 솟아
산자수명 터전에 법등 밝히고

중창 불사 염원하는 목탁 소리
칡나무 천년 세월 돌돌 말아
일주문 들어선다

천불전 동자승은 도량에 앉아 졸며
벽계선사 설법이 한 송이 연꽃으로 피어난다

청신녀의 간절함은
손끝에 매달려 있고

사찰이 시를 읊다

수림 울창한 계곡의 물소리는
도피안교 건너와 선방에 들어서고

만덕전 돌담에 윙윙거리는 바람은
황악산 오르는 번뇌 이끌다 앉히며

풀잎에 앉아 시 한 구절 읊조리던
나비 한 마리
명상에 젖어 가부좌 틀고
염주 돌린다.

- 〈직지사〉 전문

　　이 시에서의 시적 화자는 소백산맥 아래 산자수명 터전에 들어선다. 목탁 소리도 칡나무 천년 세월을 돌돌 말아 따라나선다. 일주문에 다다라 보니, 천불전 동자승이 도량에 앉아 졸고 있고, 벽계선사 설법은 한 송이 연꽃으로 피어나고 있다. 가만히 바라보니, 청신녀의 간절함은 손끝에 매달려 있고, 수림 울창한 계곡 물소리는 다리 건너 선방으로 들어서고 있다. 만덕전 돌담에 윙윙거리던 바람은 번뇌 앉히고 있고, 풀잎에서 시 구절 읊조리던 나비는 명상에 젖어 있다. 마치 사찰의 정물화를 보는 듯하다. 정갈한 시어의 배치, 이미지로 그린 시어 그림, 산사의 고요로움과 생동감, 번뇌와 설법의 만남, 명상으로 이끄는

지덕 능이 이 시의 내력과 특질을 이뤄내고 있다. 여기서
도 낯설게 하기와 의인화 기법, 추상과 구상의 질묘한 배
치 등이 각자의 역할을 톡톡이 해내고 있다.

사비성의 얼이 서려 있고
청아한 진산이 자리하고 있다

차령산맥에 뻗은 간절함 한 자락
약사여래 빛으로 품고

긴 골짜기의 묵언은
터벅터벅 걸어가며 수행한다

두 그루 고목은 산비탈에 버티고 서서
장승들의 웃음과 어우러져 애환 달래고

천년 세월 머금은 느티나무는
상대웅전 들어서다
진달래 향기에 취하고

탑 하나 없는 절 마당에는
삼베옷 입은 듯한 설선당 자리하고

베적삼 흠뻑 적신 법문은
보살의 고단함 덮는다

콩밭 매던 그리움은
칠갑산 바라보며 한숨 내쉬고

울긋불긋 산길 오르는 인연은
속세 이야기로 눈물 적신다.

- 〈장곡사〉 전문

　이 시에서의 시적 화자는 사비성의 얼이 서려 있고 청아한 진산이 자리하고 있는 차령산맥 한 자락에 서 있다. 긴 골짜기의 묵언 따라 터벅터벅 걸어가며 수행하는 시적 화자. 산비탈에 버티고 서서 장승들의 웃음과 어우러져 애환 달래고 있는 고목 두 그루. 천년 세월 머금은 느티나무. 탑 하나 없는 절 마당, 삼베옷 입은 듯한 설선당, 베적삼 흠뻑 적신 법문, 칠갑산 바라보며 한숨 내쉬는 그리움, 울긋불긋 산길 오르다 속세 이야기로 눈물 적시는 인연 등등의 감미로운 시적 표현들이 모두 인격체로 자리하고 있다. 모두 이미지의 옷을 입고, 낯설게 하기와 선명함과 신선미를 내뿜고 있다. 시의 특질에서 원하고 있는 주요 요소들을 골고루 구비하고 있어, 독자에게도 시의 특질에게도 당당하지 않을까.

이수진 시인의 제2시집 출간을 축하하며 ▮

지금까지 살펴본 바처럼, 이수진 시인의 제2시집에 수록된 시들은 모두 다 사찰을 관찰하고, 그 분위기와 징경과 의미를 시적 형상화 해놓고 있다. 그 과정에서 무엇보다도 돋보이는 것은 의인화와 이미지 구현과 추상과 구상의 디코럼이다. 사찰로 가는 길 도중에 만나는 모든 사물들이 거의 다 의인화 되어 있다. 심지어, 풀벌레, 탑, 산맥, 물안개, 골짜기, 오솔길, 다리, 장승, 산길, 대웅전, 바람, 돌담, 물소리, 도량, 번뇌, 법향, 벚꽃향, 산죽, 탑비, 극락전, 노주석, 싸리나무, 바위산, 담쟁이넝쿨, 기암괴석, 섬진강, 돌계단, 영지, 석탑, 비석, 연민, 간절함, 새털구름, 발걸음, 갈바람, 둥근 돌, 연등, 석벽 불상, 동자승, 기도, 법문, 절 마당, 풍경 소리, 독경 소리, 목탁 소리 등까지 모조리 의인화 되어 인격체로서 당당히 자리하고 있다. 또한 시각 이미지와 청각 이미지와 후각 이미지와 촉각 이미지 등을 절묘하게 배합하여 선명하고도 상큼한 이미저리를 구현해 놓고 있다. 특히 추상과 구상의 오밀조밀한 낯설게 하기는 시 전체의 깊이와 맛을 돋보이게 해주고 있다.

앞으로 이수진 제3시집도 기대가 된다. 탄탄한 시적 형상화를 바탕으로 시 한 편씩 탑을 쌓고 있기에, 머지않아 독자들에게 감동의 시인으로 남으리라는 예감이 든다.

보다 치열한 시 정신, 이웃의 아픔을 공감하는 상상력, 인식의 눈길과 표상 능력의 개발, 낯설게 하기와 모순 어법으로 새로운 표현 기법 개척, 단순한 회상이나 감성, 진부한 시어 등에서 탈출하여 심층 심리를 자극하고 박력 있는 호흡이 담긴 시, 상상력의 즐거움까지 제공하는 시를 창작하기를 소망해 본다.

시 쓰기, 시와 함께하는 인생, 참 멋스럽다. 이웃에게, 친구에게, 가족에게, 정치인에게, 지도자에게 권해 보고 싶은 시 창작 생활! 대한민국의 국민은 누구나 시인이 되었으면 좋겠다.

더불어, 국회 안에서도, 청와대 안에서도, 법관들 사이에서도, 국무총리실에서도 시 창작반이 자리하기를 간절히 소망해 본다.

다시 한 번 이수진 시인의 제2시집 [사찰이 시를 읊다]의 출간을 축하, 또 축하한다.

– 행복하고 향긋한 봄향기가 상큼하게 너울거리는

박덕은 미술관, 박덕은 문학관에서

한실문예창작 지도 교수 박덕은

(전 전남대 교수, 문학박사, 한실문예창작 지도 교수, 시인, 문학평론가, 소설가, 동화작가, 화가)

삭가의 날

꽃들이 향기롭게 피어나던 사월, 그리움만 남겨 놓고 오월의 싱그러움에게 그 자리를 내주고 있다. 어느덧 문학의 길로 들어선 지도 1년이 지나고 2년이란 길목에 서 있다.

시 창작은 돌아가신 부모님의 소원을 이뤄 드리려고 들어선 길이었다. 대학 동아리 시절에 잠깐 접해 본 문학이란 장르, 처음에는 설레기도 하고 두렵기도 하고 낯설기도 했다. 하지만 용기를 내어 시 창작을 시작했다.

그렇게 시작한 미숙한 시들로 첫 시집을 내고 잠 못 이루었던 게 엊그제 같은데, 이렇게 제2시집을 출간한다고 하니 마음이 착잡하기만 하다. 제2시집은 보통의 시집과는 약간 색깔이 다른 사찰시집이다. 과연 제대로 각 사찰의 특징과 색깔을 잘 표현했는지, 걱정 반 기대 반이다. 몇 년 전부터 108 산사 순례 기도를 시작했었다. 그때는 두 아이의 대학 진학으로 다소 지쳐 있었을 때라, 힐링하는 게 목적이었다. 기도는 덤이었다. 그러나, 시간이 지나면서 조금씩 불심도 생겨났고, 더 열심히 기도에 정진하려는 마음도 생겨났다.

한 달에 한두 번 순례 기도를 떠나는 날이면, 새벽부터 일어나 몸과 마음을 정갈하게 했다. 제일 걱정을 많이 해준 건 내 남편이었다. 이른 새벽에 집을 나서는 아내를 집합 장소까지 데려다 주고, 또 도착하면 데리러 와주는 번거로움조차도 싫어하는 내색 한 번 없었던 내 남편, 그는 오로지 강하지 못한 아내의 체력을 염려할 뿐이었다. 시간 날 때마다 함께 참석해 줄 때도 있었다. 참 고마운 남편.

제1시집은 얼떨결에 출간했지만, 제2시집은 다소 망설였다. 한실문예창작 지도 교수님의 적극적인 권면과 도움으로 출간하기로 마음을 굳혔다. 은근히 기대를 해보는 시집. 제2시집을 출간할 때의 마음은 시집에 실린 사찰마다 시집을 기부하려고 했다. 이런 저런 설렘을 안고 시 창작을 시작하면서 한 편씩 써 내려간 사찰시가 마무리 되고 이렇게 시집으로 출간된다고 생각하니, 마냥 기쁠 뿐이다.

이 기쁨을 안겨다 준 내 남편과 한실문예창작 지도 교수 박덕은 박사님께 먼저 감사를 드리고 싶다. 그리고, 아프리카tv "낭만대통령의 문학토크" 문우들과 우리 한실문예창작과 포시런 문학회 문우들에게도 고마움을 바친다. 그분들의 격려로 여기까지 온 것 같다.

제2시집에 실린 시를 쓸 수 있게 한 108 산사 순례 기도를 이끌어 주신 선묵혜자 스님께도 꽃향기를 드린다. 모든 분들에게 감사한 마음을 전한다. 지금까지 꾸준히 글을 쓸 수 있도록 이끌어 준 지도 교수님, 엄마의 자리 아내의 자리를 망각한 채 살아가도, 엄마가 최고이고 아내가 최고라고 여겨 주는 내 가족들에게 이 시집을 바친다.

- 시인 이수진

이 수 신

박덕은

철새의 깃이
핏속 타고 흐르다
낭만 송이를 피운다

어디든
떠날 수 있는
향기 그윽한 꽃송이

순수의 골짜기에는
열정이 철철철 흘러
생기가 돌고

시심의 붓으로
절벽의 여백에
물안개 그리고 나면

눈보라 속에서도
종소리 보듬고

시꽃을 새긴다

불심의 울림이
메아리로 휘감겨
가슴속 파고들수록

깨달음의 촉수 세워
늘푸른 곡선 위에
보드라움 문지른다

이제는 하늬바람처럼
봄 등성이 위를
흥얼흥얼 달릴 때

사랑의 빙벽 타고 넘어
눈물 없는 향수로
영혼의 노래 씻겨 줄 때

함께 어우러져
가장 눈물겨운 환희의 손길
떨림으로 곱게 잡아줄 때.

차 례

1장 — 단풍

2장 — 가을 호수

3장 ─ 산사의 노을

사찰이 시를 읊다

제1장 단풍

박덕은 作 [단풍](2017)

빈 여시

낙엽 밟는 발걸음
저리 애틋하고

붉게 타들어 가는 기도
가슴 촉촉이 물들이네

만어산 갈바람은
운해 끌어안고

설화 묻어 둔 바위는
마알간 갈빛으로 불타네

절 마당 둥근 돌 힘겨루기 나서면
연등들은 줄지어 두 손 모아 불 밝히네

웅장한 석벽 불상은 목탁 소리 휘감은 채
상흔 새겨 자리 지키고

감긴 눈 타고 흐르는 간절함
장삼 어깨에 내려앉아 미륵전 바라보네

미륵 돌에 새겨진 용왕의 아들 전설에
무서리 내리자
풍경 소리는 전각마다 흩어지네.

박덕은 作 [밀양 만어산 만어사](2017)

설악산에 내려앉은 바위마다
깨달음 얻어
간절함 붉게 물들인 채
계곡 타며 수채화 펼쳐 놓네

백발 지팡이 터 잡아 둔
신성한 성지 위에
연등 걸어두고
통일 향해 미소 짓는 미간 백호에
무명 밝혀 주는 광채 권금성 비추네

찌든 고독 씻는 세심교
겸손의 두 손 모으며
귀신 조각한 소맷돌의 화려한 꽃살 무늬
극락전 향하네

절집 한 켠 다람쥐 한 쌍
숨어 합장할 때
감로수로 지친 피로 달래네

목탁 소리 휘감은 장삼이
마고 선녀 웃음소리에
번뇌 떨치고 있네.

박덕은 作 [속초 설악산 신흥사](2017)

자재암

한가롭게 노니는 매월당
갈바람 휘감아 앉혀 놓고
소요산 붉게 타는 그리움

암봉에 피어나
절 마당 내려다보며 초막 짓고
깨달음 얻으라 꾸짖는 목탁 소리
기암괴석 위에 흩어져
법향 피워대네

연꽃은 애틋함 끌어안아
토닥토닥 미소 짓고
산중턱 금송굴 천년의 전설 숨겨 놓고

마음 내려놓으라 손짓하며
바위틈 솟아나는 석간수
서러움 토해내다 낙하하며
우렁차게 일주문 들어서네

소담스럽고 앙증맞은 청령 폭포

서리서리 품은 외로움
물보라 일으킬 때

풍경 소리 어우러져
지친 심신 감싸며
산자락 노송의 가지에 마음 걸어두고

저 산 너머
휴전선의 간절함은
나한대에 앉아 발원하네.

박덕은 作 [경기도 소요산 자재암](2017)

표충사

태백산백 용솟음쳐 사자 모습 자리하고
재약산 봉우리엔 고즈넉함이 흐르네

울창한 송림 사이 등 밝혀두면
산초나무 가시 품고 발 묶어두네

드넓은 억새 평원 은빛 바다 이루고
애틋한 함성이 사자봉에 메아리치면

암벽의 호국 얼 층층 깃들어
일곱 빛깔 무지개 금강 폭포 두르면

독경 소리 흩어져 두 물줄기 합쳐지고
고색창연한 전각의 간절함 내려앉네

절 마당 향나무 대웅전 이끌고
단아한 석탑 범종 소리 휘감으면

삼독심 경계하는 매바위 전설
표충비에 새겨 놓네.

박덕은 作 [밀양 천황산 표충사](2017)

고운사

등운산 들꽃 향기
가운루에 피어나면
새털구름
우화루 내려다보며
외로움 적셔 놓네

호젓한 숲길에 노을 드리우면
누각의 솔향 흩어져
인연의 흔적 덮고
바랑 메고 들어서는 그리움은
본산 휘감아 애틋하네

계곡 가로지르는 연민
끝없이 흘러내리고
잊혀진 상흔 들춰 보다
극락전 앞뜰에 오도마니 서 있네

툇마루 앉아
갈빛 먼산 바라보다

고즈넉한 풍광 끌어안으면
간절한 목탁 소리 홀로 산책하네.

박덕은 作 [의성 등운산 고운사](2017)

청량사

풍경 소리 갈바람 맞잡고
노송 위로 흩어지면
산등성이에 노을 내려와 붉게 물들이네

억새 스삭스삭일 때
포르르 날갯짓 퍼덕이는 기도 소리
갈빛 끌어안은 가을밤의 고즈넉함
서로 어우러져 관음보살 미소 짓네

가슴속 숨겨둔 별빛 꺼내어
산사 수놓으면
밤하늘 휘감은 천상의 음률
장삼의 어깨에 내려앉네

언덕길에 허덕이는 발길
붉은 옷 갈아입고
연화봉 기슭 천년의 속삭임이랑
하늘다리 사뿐사뿐 걸어가네.

박덕은 作 [봉화 청량산 청량사](2017)

은해사

팔공산 품은 갓바위
은빛 나래 펼쳐 놓고

짙은 솔향 산자락 흩어질 때
계곡은 물안개 피워대며
그 뜨거웠던 열정 덮어놓고

일주문 들어서니
그리움 오도마니 기다리네

대나무 병풍 두르고
스삭스삭 대웅전 이끌고

포근한 미소
어루만지며

절 앞마당 우람한 향나무 갈빛도
비껴가니

골골마다 자리한 암자

아픔 기억하라 발길 부여잡고

가슴 깊이
고운 마음 펼치라 하며

풀숲 기도 소리
타박타박 극락전 향하네.

박덕은 作 [영천 팔공산 은해사](2017)

청암사

불영산 굽이굽이 아늑한 풍경
펼쳐놓고
철따라 무늬옷 갈아입는 꽃들
늘푸른 수행의 향기 되네

해맑은 풍경 소리
정법루에 내려앉고
사색길 이끄는 독경 소리
나그네의 마음밭을 파고드네

정갈한 소박함이 그대로
노산 폭포 장쾌한 소리 품어 안고
청솔 늘어진 일주문 밖
고색 짙은 비석은 줄지어 서 있네

소 누워 있는 형상의 영지는
우비샘 넘쳐흐르고
스님의 무명 자르는 듯한 기도 소리

사시사철 흐르는 감로수 위로 흩어지면
다층 석탑 연등 밝히네.

박덕은 作 [김천 불영산 청암사](2017)

문수암

한반도 끝자락 그리움 품은 작은 섬
옹기종기 앉아 있고

청량산 현몽 받고
빠른 걸음으로 앞서가며

양대산맥 큰 빛을
해동으로 이끌어 놓네

어사 박문수 지혜 충만
이생의 인연 얻고

생사 걸고 수행하던 금선태 토굴
선인의 흔적 서려 있네

잔병치레 씻겨 주던 약사여래
무언의 미소 보내고

상큼한 바람 소리 계곡 휘감아
쪽빛 바다 물결 일으키면

가릉빈가 우는 새소리 흩어지고
형제바위 애틋함은 눈 돌려 한려수도 바라보네.

박덕은 作 [고성 청량산 문수암](2017)

청평사

연정이
돌탑 위에 둥지 틀면

청평 거사 나물밥 베옷도
넉넉하다 미소 짓네

시인과 묵객 발 묶어 두는
문수원 두 그루 나무

하늘 향해 애틋함의 팔 벌리고
통통배에 몸 맡기면

윤슬에 사연 띄워 보내며
다섯 봉우리 줄지어 빛 밝혀 오고

기암절벽 사이
송진향 장삼 위에 흩어지면

'춘천 가는 기차'
아름다운 음률 되어

소박하고 단아한
그곳에 내려앉고

봄에 피었던 철쭉꽃
푸르름만 두른 채

오도마니
기다리네.

박덕은 作 [춘천 오봉산 청평사](2017)

보성사

우람하고 넉넉한 고령산
가파르고 꼬불 꼬불한 산마루 돌면

우거진 숲 자락에
빛 밝혀 놓고

희생된 선인의 원혼
사하촌 피밭골에 묻혀 있네

빛바랜 단청
화려함 마다하며
대웅전 천정 벽화 안고 있고

돌담장 너머 산봉우리 아래
철따라 피고 지는 꽃과 단풍
피곤한 심신 내려놓으라 하네

도솔천 찻집의 풍경 소리 흩어져서
도반들의 기도 위에 내려앉으면

고즈넉한 산사
새소리 바람 소리 벗삼아 시향 펼치네.

박덕은 作 [파주 고령산 보광사](2017)

무위사

월출산 우뚝 솟은 천왕봉
바위에 누워 달을 품고 있네

골골이 배어 있는 향기
단아한 그곳에 흩어지고

사자봉 굳고 꼿꼿한 자태
남성미 물씬 풍기면

구정봉 오밀조밀 모여앉은
여성미 솔솔 묻어나네

미완성 후불탱화
어리석음 깨치려다 눈동자 없고

비워 둔 절 마당
석탑도 석등도 세우지 않았네

팽나무 두 그루
욕심내지 말라 하고

삼신각 호랑이 샛별 눈 되어
시골 아줌마 주저앉혀 놓으면

연꽃 새겨진 배례석 소박함이 묻어나
고향 찾아온 듯한 그리움 피워 놓네.

박덕은 作 [강진 월출산 무위사](2017)

대전사

주왕산 힘차게 솟구쳐
주산지 묻어둔 흔적 기암괴석
서로 맞잡고 힘 겨루고

울창한 숲 친친 감은 폭포수
삼단으로 내리꽂고
봉우리마다 굽이굽이 전설 서려 있네

향로봉 메아리치면
수행자와 나그네
마음 모아 가슴에 담고

은은한 종소리 울려 퍼지면
수단화 피운 목탁 소리
보광전 쌍탑 깨달음에 발길 잡아 두네.

박덕은 作 [청송 주왕산 대전사](2017)

관룡사

화왕산 억새밭
상흔 품고 일렁이며

산성에 자리한 기암괴석
간절함 매달았네

벗나무 줄지어
석장승 이끌고

콧잔등 굵은 주름 위
스쳐지나간 흔적 서려 놓고

구름과 바람이 쉬어 가는 용선대
석조여래좌상 미소 피어나네

맺은 인연 두고두고
곱씹게 하는 대웅전 장엄하고

수비단 새겨 놓은 조각에는
물새가 연꽃밭 물고기 잡고 있네

약사전 산수벽화
소박한 아름다움 그려 놓고

약사보살 원력으로
아픔 씻어내고

목탁 소리 삼층 석탑 위 흩어져
발원 세우면

거대한 산마루 불법의 빛
품고 자리하네.

박덕은 作 [창녕 관룡사](2017)

사성암

우뚝 솟은 기암괴석
오산 자락에
옛 이름 묻고 자리하네

담쟁이넝쿨
간절함 돌돌 말아
약사전 이끌고

대숲 소리
바위벽 끌어안고
대웅전에 내려앉네

손톱으로 새겨 놓은
선인의 흔적
기다림 되어 바람 휘감고

돌계단 발길 잡아놓고
섬진강
추억 자락 펼치면

다소곳이 모아 놓은
두 손 위로
기도 소리 몰려들고

지리산 바라보는
가슴밭에
풍경 소리 흩어지면

도선굴 틈새
힘겹게 빠져나온 빛
참선하네.

박덕은 作 [구례 오산 사성암](2017)

백련사

백리계곡 남쪽으로 뻗어
너그러움 품고
향적봉 옥수 흘러
구천동 절경 이루었네

철쭉꽃 구십리 끌어안고
향기 피워 놓으면

간절함이
쉼터에 내려앉아 자리하네

붉게 타들어 간 만산
신비경 펼치며 푸르름 드리우고

열정으로 쪼아대는 숲길 오색딱따구리
목탁 소리에 합장하면

하늘 떠받친 대웅전
연꽃 피어나 깨달음 얻네

이끼 긴 부도[1] 천년세월 간직하고
우화루 느긋함은 발원 세우라 이끌며

백련교 건너오는 번뇌
삼존석불 미소로 걷어내니
법향 흩어지네.

박덕은 作 [무주 덕유산 백련사](2017)

---

1 부도 : 사리나 유골 모시는 일종의 무덤.

동화사

태백산맥 줄기 따라
낙동강 맞잡은 금호강 어우러져

우뚝하게 솟아 있는 팔공산 기슭
천년 세월 성지 화랑정신 깃들어

약사여래 원력으로
상흔 어루만져 주는 온화한 미소

누각에 새겨진 연꽃 봉오리 피어나니
봉황 조각에 장인의 혼 서려 있고

가릉빈가 은은한 풍경 소리
흩어져 무명 깨치며

새벽 종소리
병풍바위 휘감아 메아리치면

오동나무 한 그루
장삼 입고 꽃피네.

박덕은 作 [대구 팔공산 동화사](2017)

불영사

천축산 굽이굽이 흐르는 꿈
기암괴석 두드리며

낙동정맥 치솟아
불도량 자리하네

울창한 숲 천길 벼랑 끝 곧은 절개
금강송 바위틈 부여잡고

전나무 찌를 듯한 푸르름
하늘 끝에 매달았네

함지박 모양 크고 작은 바위 봉우리에
기도 소리 스며들고

바람에 실려 오는 솔향 따라
스님 산책길 나서면

인연 맺어 주는 돌탑
가던 발길 잠시 멈추고

백리향은 감로수에
목마름 씻어내고

천년 세월 묵묵히 지켜온 진리는
구름 앞세워 발길 내디디네.

박덕은 作 [울진 천축산 불영사](2017)

보산 선원

해맑은 미소 가득 피어나면
양귀비의 화려함도
풀숲 들꽃들도 흉내내지 못하는
스님 있는 곳

선원 뜨락 고이 가꾼 꽃들
아롱다롱 피기 시작하면
애틋함 오롯이 앉아 일렁이고

그 마음 알기나 한 듯
향기 폴폴 풀어져
일하는 도반 어깨 위에
살포시 내려앉네

촉촉이 흘러내리는 땀방울엔
설렘도 따라 흐르고
햇발이 가슴 파고들면
연정도 함께 스며드네

의자에 걸터앉아 흔들어대면
어디선가 다가와
우리 곁에 빛으로 머물러
있는 곳.

박덕은 作 [천안 보산 선원](2017)

친관사

송홧가루 흩날리는 북한산 자락
연초록숲 우거져
아카시아꽃향 계곡 따라 피어나면

인연의 다리 위 일주문 향하다
큰 바위 깨우는 목탁 소리
애틋함 휘감아 맴도네

장삼 걸친 돌탑
한낮의 햇살 잠재우고
목마름 씻겨 주는 감로수는
보리수 그늘에 꿈 걸어 두네.

박덕은 作 [서울 북한산 진관사](2017)

수종사

가슴 소롯이 아픔 끌어안은 채
운길산 품에 자리한 그곳

주차장 저녁놀 수채화 풀어놓고
폭포수 떨어지는 소리

심장 속 파고들 때
앞서 걷는 노스님

한 계단 한 계단 힘겨워
서러움 내세워 앞설 수도
인기척 낼 수도 없어

홀로 토닥이며 올라서니
두물머리 강물은
그리움 싣고 홀로 흘러만 가고

세찬 바람 두드리며

흐드러지게 핀 모란 꽃잎 위에
연민이 내려앉으면

차 한 잔 앞에 두고
참선하며
밤은 깊어가네.

박덕은 作 [남양주 운길산 수종사](2017)

제2장 가을 호수

박덕은 作 [가을 호수](2017)

법흥사

사자산 줄기 아래
아홉 꽃봉오리 품고 있네

연꽃 연밥 같은 성지
상흔 오롯이 안고서

진신사리 봉안하여
기도 발원 세우네

연화봉 끝자락
울창한 송림 깊은 산골

고즈넉하다 못해 적막 흐르며
푸른 숲 층암절벽 펼쳐 있고

문수도량 청련화 생기복덕 넘쳐
간절함 서려 숨쉬고

도량 곳곳에 화마의 흔적 위
천상의 소리 흩어져 덮여 있네.

박덕은 作 [영월 사자산 법흥사](2017)

송광사

산세 부드럽고 아늑한 조계산
어머니 치맛자락 붙잡네

한낮 위 목탁 소리
지친 심신 감싸 주고

계곡의 높은 무지개다리
그리움 되어 기다리고

스님의 법문
능허교에 묻어 둔 채

산자락 좁은 비탈길 이끌어대며
꽃 활짝 피워 놓고
대나무숲 사이 내민 애틋함
오롯이 안고 머무네.

박덕은 作 [순천 조계산 송광사](2017)

내승사

축령산 줄기 아래
천강 사불 모셨네
안장바위 살짝 곁 내주니
기다림의 쉼터 되고

사불산 그윽한 향기 발길 따라 흩어져
한 송이 연꽃 위에 내려앉네

검은 바윗길 옆 흔적 묻어 두고
백목련 두 그루 꽃잎은 떠났네

참선하는 동자승 마애불 미소 보듬고
구도자 열정 이끌어대는 목탁 소리
장삼자락 휘감아 붙잡네

송사리와 노닐던 사색은
산문 나서네.

박덕은 作 [문경 사불산 대승사](2017)

신흥사

지리산 산자락 따라 푸르름 흩어지는 소리
이슬 말아 목마름 씻는다

길손 가슴밭 촉촉이 적셔 주는 애틋함
독경 소리 울려 퍼져 휘감고

해탈하려는 한 맺힌 몸부림으로
서려 있네

섬진강 줄기도 비껴가고
운치 있는 수홍문 지나면

으뜸가는 절집 자리하여
뜨거운 열정 식혀 주네

일주문 편액 위 은은한 풍경 소리
수청루 물고기 쉬어 가라 꼬리 치며

보제루 단아함과 극락전의 화려함은
불법의 진리 깨우쳐 주네.

박덕은 作 [구례 지리산 천은사](2017)

비룡사

태화산 빼곡한 송림 사이로
길 한 자락 내어줄 때
참 나를 찾아가네

산수유 자목련 향기는
이미 사라졌지만
푸른 꿈 걸쳐 있고

빛 솟아나는 할인봉 아래
오층 석탑 애틋한 목탁 소리
흘러간 세월 회상하는 듯하네

향나무 한 그루 마음에 심으니
그 향기
사바세계로 이끌고

천년 묵은 싸리 기둥 반야용선 되어
극락교 건너오는 간절한 기도
대웅전에 서려 있네.

박덕은 作 [공주 태화산 마곡사](2017)

월정사

오솔길 따라 걷다가
섶다리에 쉬어 가라 하네

굽이쳐 흐르는 계곡에선
잡념 떨치라 하고

전나무 즐비한 천년의 숲길에선
깊은 곳으로 향하라 하네

짙푸른 나뭇잎 오월 드리우며
다람쥐 들꽃 흔들어 향기 피워대고
가지가지 걸어 둔 솔향의 사연 풀어놓네

물소리 바람소리 귀기울일 땐
아름다운 미소 지으며
석탑 앞에 앉아 있네

오는 사람 막지 말고

가는 사람 잡지 말라

그 한마디 새겨 숨쉬며
오대산 자락 품어 안네.

박덕은 作 [평창 오대산 월정사](2017)

운문사

호거산 짙은 숲
봄으로 갈아입고
호숫가 돌고 돌면
마음밭 설레는 소리

바람 이끄는 대숲 소리
샤라락 샤라락
앞마당 쌍탑
연초록으로 내려앉고

만세루 쳐진 소나무
막걸리 열두 사발 들이킨 뒤
솔향 피워대고
바구니 끼고 울력 나선 푸르름이
장삼 입은 돌탑 곁에서
굴곡진 절집의 연등 밝히네.

박덕은 作 [청도 가지산 운문사](2017)

능노사

만경창파[1] 동해 끼고 쉼 없이
흘러내려
낙동강 젖줄 되고

솔향은 기암괴석에 흩어져
노송과 어우러지면

선자바위 계곡 물줄기 휘감아
산문 입구 가로막고

상봉에 모여 있는 봉우리
병풍처럼 에워싸네

영축산 옮겨 앉자
자비 베푸는 열정 끌어안아
가쁜 숨 몰아쉬고
숨어 있는 만다라꽃
한 떨기 피어 미소 짓네

울창한 숲은
차 있는 듯 비어 있는 듯
비유비무[2] 깨닫게 하고

삼성반월교 보고픔은
극락전에 이끌어 앉히네

박덕은 作 [양산 영축산 통도사](2017)

해깅의 주련³ 떠빈늘면
공양구 봉발탑은
여러 전각 애틋한 옛이야기에
고귀한 체취만 서려 놓고
수미단 좌대 받쳐 주네

용마루에 걸친 낙조의 맑은 연지
호흡 멈출 때
고개 돌린 장삼
깊은 삼매에 빠지며

환한 꽃등 되어
향기 흩날렸던 홍매화 그 자리에
갈빛 노을 드리우네.

---

1 만경창파 : 한없이 넓고 푸른 바다
2 비유비무 : 유와 무의 중도이다
3 주련 : 기둥이나 벽의 장식 또는 글

홍련암

산자락 피어 있네 해당화 꽃봉오리
붉은 향 흰 물거품 휘감아 내려앉아
절벽 위 애틋함 품고 합장하는 마음밭.

박덕은 作 [양양 낙산사 홍련암](2017)

자작나무 숲향들
손잡고 걸어가네

연초록 산자락
저녁놀 열정 품어 안고

사그락 사그락 부딪히는
돌부리 소리 흩어지고

연등의 은은한 불빛
간절함 달아두고 합장하는 님

마음밭 잔물져
일렁 일렁이네.

박덕은 作 [평창 오대산 상원사](2017)

영국사

삼각산 휘감아 흐르는 계곡물은
상념을 씻어내며

빽빽한 산의 싱그러움은
정릉천 따라 피어나고

길 위에 늘어선 맛집의 향기는
극락전 오르는 발길 부여잡는다

도심의 불빛 내려놓은
간절함들이 모여들면

단아한 목탁 소리가
약수터 홀로 앉아 심신을 달래 주고

극락교 건너는 여의주 용문은
우거진 숲길에 부도탑 앞세워 놓고

▐▐▐ 사찰이 시를 읊다

청정한 승가의 모습은
불법 두르고 염주 돌린다

선인들의 한 서린 흔적 묻혀 있어
신음할 때마다
왕비의 발원이 새겨진다.

박덕은 作 [서울 삼각산 경국사](2017)

개심사

돌비석 위엔
붉은 솔향 흩어지고

계단 오르던 장삼의 염불은
상왕산 향해 메아리친다

솔솔 부는 산바람
풍경 소리에 버무리고

대웅전에 앉아 독경 읊조리는
불도량 겹겹이 싸고 있는 벚꽃
배롱나무 마주한 채 순백의 미소 피운다

가릉빈가 대숲 스치는 소리
휘어진 기둥 휘감아 깨달음 되고

외나무다리 건너는 간절함은
연꽃 위에 펼쳐진다.

박덕은 作 [서산 상왕산 개심사](2017)

납사

솔숲 향기 벗삼아 걷노라면
단풍에 취하여

일주문 들어서는 기도 소리
절집에 흩어지고

길섶에는 다람쥐 한 쌍
종종걸음 치고

장삼의 눈빛은
상흔 덮어둔 채 가부좌 틀고

흘러 버린 세월 채우지 못한 간절함은
목탁 소리 버무려 법당으로 향하고

화엄의 오묘한 진리는
계룡산 오르다 연천봉에서 메아리치고

곱씹던 염불은
삼불동 아래 동자손 부여잡고
심신 달래네.

박덕은 作 [공주 계룡산 갑사](2017)

노티임

금산 영봉에 터 잡고
무심히 떠다니는 조각배
보살의 기도 소리에 뱃머리 돌리네

노을빛 벗삼아
노 젓는 뱃사공
저두암 향하고

마지막 매듭 뽑아
바다와 맞닿은 일점선도一點仙島[1]
층층이 깎아지른 절벽 위
환희심 피어나 쌍홍문 열어두고

보광전 풍경 소리 바람결에 휘감겨
상사바위에서 흩어지더니
대장봉에 우뚝 솟아오르네

쉼 없는 촛불의 향연

쪽빛 바다에 풀어
목탁 소리 버무리고

산죽은 청정한 마음에
향기 머금은 감로수 모으고

간절함은
가파른 산길 오르며
천년을 하루같이 석탑에 풀고 있네.

박덕은 作 [남해 금산 보리암](2017)

기도임

앞다투어 영축산 오르던 나목은
법문 위에 꿈 한 조각 걸쳐 놓네

골골마다 환희심 피어나면
사자후 영산전에 앉아서 깨달음에 이르고

질박한 돌담은 기도 소리 휘감아
일주문 거쳐 터벅터벅 걷다
나한전으로 향하네

노승의 빛바랜 장삼은
수행의 길 떠다니다
잠시 머물러 있네.

박덕은 作 [영천 팔공산 거조암](2017)

고란사

솔바람 휘감은 애틋한 종소리
부소산 기슭에 흩어지면

홀로 앉은 낙화암
한 맺힌 탄식 소리
장삼이 끌어안아 대웅전으로 이끄네

푸른 물결이 품은
깊고 깊은 절규
연꽃 되어 피어나고

고란정 약수 한 사발 목마름 적실 때
약사보살 밝은 빛 되어 흩어지네

오랜 슬픔 달래며 낙화의 도량 세우니
반야 용선 극락 되네

흰 돛단배 노 젓는 노공의 눈빛

백화정 바라보며 촉촉이 젖어 들고

백마강 잠긴 달빛
낙화암에 은은히 내려앉네.

박덕은 作 [부여 부소산 고란사](2017)

건봉사

민초들의 애환이
금강산 자락 파고들고

작설차 한 잔에 담기는 풍경 소리는
산사의 고요 깨운다

연꽃길 울려 퍼지는
노승의 염불은
부도밭에 내려앉고

무지개다리 건너가는 해탈의 미소는
능파교에 잠시 쉬다가
시비 끌어안고 자리한 도량 곁에 앉는다

목탁 소리만 이 골 저 골 울려 퍼져
등공대에 메아리치고

내금강에 둘러앉아 법담 나누던

사찰이 시를 읊다

건봉 북녘 하늘이
백두대간 휘젓고 있다.

박덕은 作 [고성 금강산 건봉사](2017)

제3장 산사의 노을

구룡사

삭풍에 묻어나는 법향
동박새 휘감아 산문 지나니

전설 서려 있는 거북바위
간절함 걸터앉아 심신 달랜다

구룡 폭포에 정념 묻어
불법 혈맥으로 우뚝 서고

황장금표 에 서려 놓은 흥망성쇠
송림숲으로 들어서자

향로봉 향하는 목탁 소리
사바 중생 이끌어내고 있다

고승대덕 부도탑은 푸른 이끼 얹고
아홉 마리 용은 불국정토 꿈꾸고 있다.

박덕은 作 [원주 치악산 구룡사](2017)

---

1 황장금표: 임금의 관을 만드는데 쓰는 황장목을 함부로 베지 못하도록
  산에 경계 표식을 한 것

억겁의 층층 절벽 위
뽐내는 닭벼슬 쓴 용
계룡산 품고 용트림한다

세진 정 홀로 앉아 번뇌 씻는 남매탑은
사바세계 혼탁함마저 향기로 휘감는다

대웅전에 가부좌 튼 목탁 소리
문필봉에 내려앉아 심신 달래면

노송에 앉은 학 한 쌍
독경 펼쳐 놓고
한가로이 날갯짓하고

대나무 위 새떼
포르르 날아올라
매화 꽃잎 물고 일주문 나선다

은선 폭포 무지개는
벚꽃 터널 빠져나오며
간절함 피워 올리고

애틋함의 염주가
산줄기마다 법향 흩날리면
계명성¹이 신새벽을 알린다.

박덕은 作 [공주 계룡산 동학사](2017)

―――――――――

¹ 계명성: 동쪽 하늘에 떠 있는 금성.

봉아사

바랑 둘러메고 화양산 오르면
구산선문 자리잡고

너럭바위에 쌓아 올린 돌탑
간절함 서려 아려 온다

용 계곡 품은 바위산
행자는 간 곳 없고
솔향은 황톳길 흩날리며 길 나서고

싸리나무는 번뇌 쓸어가며
일주문 들어선다

관솔불 피워 올렸던 노주석
화마에도 굳건히 지켜온 극락전
독경 펼쳐 읊조리고

옛 선사의 향기는

적조 탑비의 단아함 돌고 돌며 기도한다

남훈루 바라보는 오솔길이
설법 품고 침류교 건너면
산죽이 바람을 잠재우고

목탁 소리는 솔잎 스쳐
기연담에 내려앉고
마애불 신선은 미소 머금고 서 있다.

박덕은 作 [문경 희양산 봉암사](2017)

광덕사

둥글고 넉넉한
주봉에 오르면
산맥이 호젓하다

굽이굽이 돌면
힘 솟구치는 오솔길이
자리하고 있다

산 높고 골 깊어
숨긴 번뇌
솔향 따라 흩어지고

장군바위 어깨 쫙 벌려
삼매에 들며
고개 끄덕끄덕

수백 년 된 호두나무는
나그네 입맛 사로잡아
속세의 목마름 가시게 하고

대웅전 들어서니
노란 산수유는 빙그레 웃으며
부도밭 지나고

목탁 소리는
오층 석탑에
내려앉는다

호두 한 움큼 집어 주는
스님의 후덕함이
듬뿍 서려 있고

수행자 발길 돌려
일주문 나설 때
소쩍새 울음 유달리 초연하다.

박덕은 作 [천안 광덕산 광덕사] (2017)

금당사

금남정맥 이어 주는 능선에는
번민 잠재우는 풍경 소리

안개 속 돛대봉
우뚝 솟아 법등 밝힌다

바람 따라 들려오는 기도 소리는
삼층 석탑에 앉아 참선하다
마디마디 간절함 엮어 놓고

목마름 적시는 독경은
대웅전 향하여
탐욕 잠재운다

숫마이봉 화암굴 약수는
백팔 염주 돌려 가며
전설 품어 흐르고

목불 좌상의 미소는
사바세계 이끌며
연못의 연꽃 위에 법문 펼치고

마이산 벚꽃은
산문 지나다 꽃비 흩날리며
발길들 돌려 세운다.

박덕은 作 [진안 마이산 금당사](2017)

금산사

어머니 품속 같은 두 물줄기
미륵신앙 안고 흐르고

모악산 기슭에 피어난 법향이
해탈교 건너면

미륵삼존불 미소 머금고 앉아
반가이 맞이한다

고목 사이로 얼굴 내민 벚꽃향은
기도로 기쁨 안겨 주는 가람에 흩어지고
역사의 흔적 묻은 방등계단에 법문 펼친다

미륵전은
기다림에 염주 돌리고 있고

동학 농민 꿈꾸던 강증산은 불법 품고
민중의 비원은 묵언이 된다

전각마다 자비의 빛 비추어
뭇 보살들 꿈꾸는 정토 세계 이뤄 놓는다.

박덕은 作 [김제 모악산 금산사](2017)

기림사

해동 계림국 솟아나는 오종수
천년송 휘감아 흐르고

함월산 기슭의 거북
활인보검 휘두르다
진남루로 발길 돌려 목마름 적신다

헌다 벽화에 연꽃향 피어나더니
범종루에 앉아 법화경 읊조리고

차 끓여 마시는 감로수 한 사발
약사전 이끌어 놓고 명아수 된다

까마귀가 쫀 오탁수
속세에 찌든 삼독심 씻어내고

정토왕생 발원하는 염불계
기도 모으니 구도심 생겨난다

동해 만경창파 바라보고
염주 돌리는 법문
지친 중생의 심신 쉬어가라 한다

만파식적 소리는
가릉빈가 목탁 소리와 어우러져
사바에 울린다.

박덕은 作 [경주 함월산 기림사](2017)

천성산 기암 사이
숨가삐 오르는 간절함
은은한 풍경 소리 휘감고

공양간 굴뚝 연기 모락모락 피어나
털고무신 올망졸망 드나든다

다람쥐 청솔모 벗삼아
오솔길 자박자박 걷고 있는 목탁 소리

화엄벌 억새꽃이랑 함께
깨달음으로 일렁일렁거린다

적막한 천년사지
도롱뇽 기도하며 엎드리고

낙동정맥 화엄늪은
눈부신 꽃향의 교향악 울린다.

박덕은 作 [양산 천성산 내원사](2017)

내소사

해풍에 밀려오는 번뇌
가인봉에 올라 해탈에 이르고

산과 바다 어우러진 산맥은
능가산에 솟구쳐 어깨 편다

석단 위 전각들은
염주 돌리며 간절함 풀어 주고

오염된 맘을 산림욕으로 씻겨내고
봉래루에 걸터앉는다

전나무 터널 걸어가는 기도 소리
오솔길을 대웅전까지 이끌어 놓으면

괘불탱화 화려함이
불심으로 용봉도 날게 한다

눈만 바라보고 걸으라는 백의관음보살

천왕문 앞세워 두고

서해의 진주 변산반도의 법화경
펼쳐 놓고 법화 신앙 알린다

풍경 소리 내려앉으니
연못의 수련 피어나 법향 피워대고

해안선사 부도비 위 목탁 소리
흩어져 심신 달랜다

맑은 바람 그리우면 내소사 가라
나무 향기 생각나면 내소사 가라

이 문구 새겨진 도량에는
법문 소리만 가득하다.

박덕은 作 [부안 능가산 내소사](2017)

보덕사

골마다 사연 담은 맑은 물은
동강 휘감아 흐르다
물안개 피워 놓고

청령포는
유랑시인의 시 한 소절 읊조리며
상흔 덮는다

울창한 수목의 스삭이는 바람 소리는
비통함 잠재우는 목탁 소리와
버무려져 내려앉고

노을빛 끌어안은 향나무는
봉래산까지 향 피우고
은은한 은경 소리는
백마 타고 산마루 보듬고

극락전 향하는 간절함은
염주 돌리며 엎드려 있다

사천왕은
기와 담에 둘러싸여
극락정토 만들어 놨건만

달 밝은 밤 태백산 오르는
두견새의 기도 소리는 여전히 애처롭다

여린 눈물 자국이 곳곳에 배여 흐느끼면
법화경이 잠재우고

광명의 빛 품은 극락조는
연화대에 앉아 도량 지키고 있다.

박덕은 作 [영월 태백산 보덕사](2017)

보문시

민초의 숨결이
불심 품고 낙가산 오르다

갯마을 낙조와 어우러져
관음보살의 빛섬에 내려앉는다

파도 소리는 보타산정에 메아리 되고
천축국 불상은 어부와 인연 되어
법력으로 나한전에 가부좌 틀고

울창한 숲은 눈썹바위의 외로움 달래며
천혜의 지붕 돌담 안 초가에 법향 피운다

몇 굽이 돌고 돌아 찾아든 번뇌는
천연석굴 나반존자전에 앉아
심신 달래며
칠난삼독 구제한다

두 느티나무는
관음보살 화현하여 법문 읊조리고

외포리 갈매기는
수미산에 법화경 펼쳐 놓는다.

박덕은 作 [강화 낙가산 보문사](2017)

봉은사

나루터 기도 소리
뱃사공 깨워 들길 걸으면

옛 정취에 회색빛 드리우고
법화경은 바랑 짊어지고 수도산 오른다

대웅전은 억불 속
연꽃으로 피어나 발원하고

산고의 일그러진 상흔은
법문으로 덮고서
영산전에 가부좌 틀고 앉는다

법력으로 새 터전 잡은 가람에
은은한 풍경 소리
법왕루에 흩어지며 발길 부여잡고

영동대교 드나드는 인연은

진여문 들어서며
염주 돌리고 있고

산수유 매화 꽃잎은 법향으로 피어나
미륵대불 위에 내려앉아 심신 달랜다.

박덕은 作 [서울 강남 봉은사](2017)

직지사

소백산맥 힘차게 솟아
산자수명 터전에 법등 밝히고

중창 불사 염원하는 목탁 소리
칡나무 천년 세월 돌돌 말아
일주문 들어선다

천불전 동자승은 도량에 앉아 졸며
벽계선사 설법이 한 송이 연꽃으로 피어난다

청신녀의 간절함은
손끝에 매달려 있고

수림 울창한 계곡의 물소리는
도피안교 건너와 선방에 들어서고

만덕전 돌담에 윙윙거리는 바람은
황악산 오르는 번뇌 이끌다 앉히며

풀잎에 앉아 시 한 구절 읊조리던
나비 한 마리
명상에 젖어 가부좌 틀고
염주 돌린다.

박덕은 作 [김천 황학산 직지사](2017)

석남사

태백산맥의 기 모아
밀양강 이루고
얼음골 홍류 폭포는
번뇌 휘감아 흐르고 있다

삼층 석탑에 내려앉은 목탁 소리는
나그네의 심신 달래고

가로수 터널 빠져 나온 부처의 미소는
일주문 들어서더니 대웅전으로 향한다

심검당에 앉아 정진하는 법문은
청풍납자의 향취 간직하고

개울가에 쌓아 올린 돌탑은
도란도란 법향 피우다 염주 돌리고

가지산 능선의 쌀바위 전설은
억새밭에 하얗게 흩뿌려지고 있다.

박덕은 作 [울산 가지산 석남사](2017)

도선사

청수한 영지는
재흥 터전의 불도량 열고

백운봉은 봉우리들과 어우러져
삼각산 바라본다

관음 석불 미소는
보살의 염원 보듬고

청담 대종사는
참회 도량에 가부좌 튼다

포대 화상 희망 품으니
사라쌍수는 감로수로 마음 씻고

윤장대 돌려 업장 소멸하니
칠색 무지개로 답한다

33관음보살 진신보탑 세우라
열변하는 기도 소리 휘감고

지장보살은 앞뜰 장독대에
원력 세워 도솔천으로 이끌고

사바에 앉아 두 손 모은 애틋함은
염불 소리로 흘러내린다.

박덕은 作 [서울 북한산 도선사](2017)

봉정사

천등산 뻗어 나온 줄기
등불 밝히며 솟아오르고

수행에 감복한 천녀는
불법 두르고 정진한다

종이학 전설은 기도문 매달아
소나무에 걸쳐져 있고

고즈넉한 숲길에 피어나는
선인의 흔적에는 청빈함 서려 있다

만세루 용마루는
봉황의 우아한 나래 펴고

배흘림기둥 휘감은 법향은
보살의 간절함 품은 채
대웅전에 내려앉는다

죽비 소리 들리는 고금당은
긴 세월의 숨결 머무르고

비천상 그려진 지조암은
법문 소리로 가득찬다

염불 소리는 개울 건너
명옥대 오르다 연꽃으로 피어나고

감찰나무와 은행나무는
인연으로 어우러지고
한 떨기 구절초는 단아하게 서 있다.

박덕은 作 [안동 천등산 봉정사](2017)

신륵사

고즈넉한 마을은
여강이 휘감아 흐르고

간절함 둘러멘 기도 소리는
봉미산 기어오르고 있다

아홉 마리 용 전설은
남한강에 내려와 노 젓고

삼층 석탑 위
설법 펼쳐지면

강가에 머무르던 번뇌는
윤슬 되어 일주문 들어선다

당초무늬 양각은 벽돌마다
서원 담아 늠름히 서 있고

150
사찰이 시를 읊다

나옹 스님 지팡이는 은행나무 그늘 되어
나그네 심신 달래고 있다

조포 나루의 황포 돛대는
연꽃 피워 무명 밝히고

그윽한 용마루는
울음 토해낸다.

박덕은 作 [여주 봉미산 신륵사](2017)

장곡사

사비성의 얼이 서려 있고
청아한 진산이 자리하고 있다

차령산맥에 뻗은 간절함 한 자락
약사여래 빛으로 품고

긴 골짜기의 묵언은
터벅터벅 걸어가며 수행한다

두 그루 고목은 산비탈에 버티고 서서
장승들의 웃음과 어우러져 애환 달래고

천년 세월 머금은 느티나무는
상대웅전 들어서다
진달래 향기에 취하고

탑 하나 없는 절 마당에는
삼베옷 입은 듯한 설선당 자리하고

베적삼 흠뻑 적신 법문은
보살의 고단함 덮는다

콩밭 매던 그리움은
칠갑산 바라보며 한숨 내쉬고

울긋불긋 산길 오르는 인연은
속세 이야기로 눈물 적신다.

박덕은 作 [청양 칠갑산 장곡사](2017)

대흥사

남쪽 땅 끝자락에 피어난 향기
나그네 어깨에 걸터앉아 두륜산 오르고
숲길과 계곡에는 신선들이 노닐던
무릉도원으로 둘러싸여 있다

고풍스러운 기왓골은
서산대사의 흔적 서려 놓고

호국불교 정신이 숨쉬는 가람에는
스님들이 청정수행하고 있다

아홉 번 굽이도는 구림구곡은
다리 건너와 역사 보듬고

구부러진 향나무는 머리 숙인 듯
간절함으로 기도하고 있다

선인의 숨결 면면히 흐르는
삼층 석탑은 은은히 미소 짓고

천 분의 옥부처는 금빛 가사 입고
바다 건너와 법화경 펼친다

천상에서 내려온 천년수는
불교의 큰 기둥 되길 발원하며

일지암에서 풍겨 오는 녹차향은
대웅전에 앉아 사색에 잠기고

피안교 거닐던 인연이 발길 돌릴 때
풍경 소리가 귓가 간지럽힌다.

박덕은 作 [해남 두륜산 대흥사](2017)

여주암

기도 소리는
메아리를 기암절벽에 묶어 놓고

철쭉은 붉게 타면서
꽃잎 떨군다

솟아오른 봉오리마다
설법이 펼쳐지고

돌계단 오르는 간절함은
쉼 없이 나반존자 되뇌인다

바위 오르던 청솔모는
목탁 소리에 합장하고

약사유리광여래는
괴봉에 이름표 매달아 놓는다

광화문 연민은 깨달음 얻고자
한 송이 연꽃으로 피어나고

세속의 번뇌 지우려는 법문은
산자락에 가부좌 틀고 있다.

박덕은 作 [과천 관악산 연주암](2017)

쌍계사

백두대간 산세는
성스러움 품고 앉아
화개동천에 법등 밝히고

칡 꽃줄기 얽히고설켜 금당 세우니
두 계곡이 합장한다

영호남 사투리 풀어놓은
화개장터 벚꽃길 꽃잎들은
가릉빈가에 흩날리고

은은한 녹차향은
속세 떠나 대웅전으로 들어선다

쌍계 석문 새겨진 바위는
장승과 마주보며 서 있고

칠불암의 아자방 전설은
삼신산 기슭 타고 내려와

계곡물 휘감아 흐른다

불일폭포 물보라는
열정 불태우며 지리산 자락 적시고

산사의 바람은
바랑 메고 길 나선다

파르르 떠는 잎새들의 간절함은
가부좌 틀고 있고

쇠북소리 한가롭게 보리밭길 나서면
목탁 소리는 오솔길에서부터 법문 펼친다.

박덕은 作 [하동 삼신산 쌍계사](2017)

연곡사

사연 돌돌 말아 피아골 들어서면
신선한 바람이 마중한다

강 건너온 제비들은
가비얍게 포르르 날고

상흔 끌어안은 대웅전은
찬란함 꽃피워 불 밝힌다

돌부리에 이름 새겨 놓은 채
허공으로 떠도는 간절함은
장삼으로 덮어 주고

계곡의 물소리는 산자락 오르며
붉게 타들어 가다
풍경 소리와 버무려진다

수행자 발길 돌리는 삼층 석탑은

불법 품어 묵언 수행하고

녹차향은 지리산 자락 흩어지다
운무를 뒤덮는다

구름무늬 섬세한 돌거북은
극락 향해서 연등 밝히고

천상을 나는 탑비는
새색시처럼 다소곳하고

동백숲은 아픔 토해내며
법문 읊조린다.

박덕은 作 [구례 지리산 연곡사](2017)

오어사

그윽한 향기 바랑에 담아
운제산 올라서면
전설 품은 호수와 기암절벽 사이로
구름이 넘나들고 있다

고승들의 행적 스민 부도탑에
설법 펼치고
방생 도량에 법등 밝히니
영산홍이 꽃대궐 이루고 있다

장독대에 꽃잎 흩날리고
절 마당에 풍경 소리 흩어지면
천상으로 이끄는 학 한 마리
대웅전으로 들어선다

휘몰아치는 물줄기가
깊고 깊은 불심 품고

등천하는 천자봉은
여백으로 흥건히 서려 있고

암반 감로수 한 사발 든
간절함은
자장암으로 발길 돌려 세운다.

박덕은 作 [포항 운제산 오어사](2017)

영국사

영축산으로 오르는 번뇌
바람이 휘감아 추풍령 넘어
산문에 들어서면

기암절벽에 자리한 용추 폭포의
포효가 명답봉 삼층탑 울린다

비단을 수놓은 듯한 바위 위에
박연의 가야금 소리 서려 있고

육궁백관 피난한 전설 품은
은행나무는 법화경 펼친다

온갖 풍상 간직한 천년송은
법문으로 푸른 가지들을 흔들고

간절한 기도 품고 오솔길 걷는
속세의 인연은 가람으로 들어선다

하늘 향해 고개 돌린 패랭이꽃들은
풍경 소리에 미소의 법등 밝히고

첩첩산중 가부좌 튼 목탁 소리는
옥새봉에 메아리친다.

박덕은 作 [영동 천태산 영국사](2017)

운무는 길목마다 피어올라
발길 묶어 가슴 먹먹해진다

벚꽃 봉오리는
방울방울 간절함 매달아 놓고

산기슭 개나리는
노란 그리움 펼쳐 놓고

차창으로 흩날리는 꽃잎들은
첫사랑의 흔적인 양 설렘 풀어놓는다

봄비 적시는 바람은
추억 돌돌 말아 영축산 오르며

산들산들 솔향은
끊임없이 절집으로 이끌어대고
풍경 소리는 오솔길 위를 뒹굴어 굴러간다.

박덕은 作 [양산 영축산 축서암](2017)

선묵혜자 스님

언덕길 숨차 올라서면
고요한 산자락 품고 자리한 절집

온화한 미소 되어 빛 휘감고
푸르름 장삼 위 드리워 싱그럽네

포대 화상 모습 그대로 자리한 듯
착각하게 하는 그곳 님 기다리고

법문마저 유쾌한 유머 된 자리
목탁 소리가 경쾌하다

늘 빠지지 않고 하시는 한마디
사랑하는 여보 당신, 사랑하는 아들딸에게
광명진언 하라

어느 산사 찾아도
꼬리표처럼 따라다니네

떠나가는 신자 행렬 빠짐없이 보살피는 인자함
후덕한 인상에서 묻어 나오고

홀로 걸어가는 발걸음에
쓸쓸함도 따라나서며 두 손 모아 기도하네.

박덕은 作 [선묵혜자 스님](2017)

전율 스님

고요 스민 음률
산사의 아침 깨우면
잎새에 내려앉은 이슬
또르륵 또르륵

풀숲 들꽃의 향기
기지개 펴며
귀 쫑긋 세우네

풀먹인 장삼
베일 듯한 푸르름
하늘빛 타고 너울 너울

애써 꾸미지 않아도
귀한 빛 밝히며
해맑은 미소로 마음밭 담그고

열정의 땀방울

송글송글 맺혀
촉촉이 적시며

고운 소리 메아리쳐
솜털 같은 은빛 나래
펼치네.

박덕은 作 [정율 스님](2017)

한실 문예창작 문우들의 작품집

오늘의 詩選集 Series

오늘의 詩選集 제1권

화장을 지우며
강만순 지음 / 144면

오늘의 詩選集 제2권

또 한 번 스무 살이 되고 싶은 밤
김숙희 지음 / 160면

오늘의 詩選集 제3권

사랑의 빈자리 될까 봐
박완규 지음 / 144면

오늘의 詩選集 제4권

유모차 탄 강아지
김미경 지음 / 112면

오늘의 詩選集 제5권

이 환장할 봄날에
신점식 지음 / 176면

오늘의 詩選集 제6권

작아지고 싶다
주경희 지음 / 176면

오늘의 詩選集 제7권

가을은 어디나 빈자리가 없다
전금희 지음 / 176면

오늘의 詩選集 제8권

쓸쓸함에 대하여
이후남 지음 / 176면

오늘의 詩選集 제9권

바람이 열어 놓은 꽃잎
문재규 지음 / 220면

오늘의 詩選集 제10권

단 한 번 사랑으로도
이호근 지음 / 176면

오늘의 詩選集 제11권

할 말은 가득해도
최승벽 지음 / 176면

오늘의 詩選集 제12권

비밀 일기
박봉은 지음 / 176면

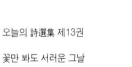

오늘의 詩選集 제13권

꽃만 봐도 서러운 그날
한실 문예창작 동인지 제8집

오늘의 詩選集 제14권

마냥 좋기만 한 그대
최기숙 지음 / 176면

오늘의 詩選集 제15권

풀꽃향 당신
김영순 지음 / 176면

오늘의 詩選集 제16권

유리인형
박봉은 지음 / 176면

오늘의 詩選集 제17권

보고픔이 자라고 자라서
한실 문예창작 동인지 제9집

오늘의 詩選集 제18권

첫사랑
김부배 지음 / 176면

오늘의 詩選集 제19권

나는 매일 밤 바람과 함께 사라진다
박덕은 지음 / 240면

오늘의 詩選集 제20권

오늘도 걷는다
유양업 지음 / 176면

오늘의 詩選集 제21권

내 사람 될 때까지
전춘순 지음 / 176면

오늘의 詩選集 제22권

처음 사랑
한실 문예창작 동인지 제10집

오늘의 詩選集 제20권

당신에게 · 물
박봉은 지음 / 176면

오늘의 詩選集 제24권

그 누가 다녀간 것일까
전금희 지음 / 206면

오늘의 詩選集 제25권

한 잔 술에 가둘 수 없어
이후남 지음 / 164면

오늘의 詩選集 제26권

그리움 머문 자리
이인환 지음 / 176면

오늘의 詩選集 제27권

사랑의 콩깍지
김부배 지음 / 176면

오늘의 詩選集 제28권

사랑은 시가 되어
최길숙 지음 / 176면

오늘의 詩選集 제29권

그리움이라서
이수진 지음 / 176면

오늘의 詩選集 제30권

그리움 헤아리다
배종숙 지음 / 176면

오늘의 詩選集 제31권

아직 끝나지 않은 이야기
장헌권 지음 / 176면

오늘의 詩選集 제32권

마냥 좋아서
한실 문예창작 동인지 제11집

오늘의 詩選集 제33권

그리움의 언덕에 서다
김부배 지음 / 176면

오늘의 詩選集 제34권

사찰이 시를 읊다
이수진 지음 / 176면

한실 문예창작 동인지

한실 문예창작 동인지 제1집
『한꿈』

한실 문예창작 동인지 제2집
『한꿈』

한실 문예창작 동인지 제3집
『당신의 쓸쓸함은 안녕하십니까』

한실 문예창작 동인지 제4집
『목련은 흔들리고 있다』

한실 문예창작 동인지 제5집
『그래도 한쪽 가슴은 행복합니다』

한실 문예창작 동인지 제6집
『좋은 걸 어떡해』

한실 문예창작 동인지 제7집
『아직도 사랑인가 봐』

한실 문예창작 동인지 제8집
『꽃만 봐도 서러운 그날』

한실 문예창작 동인지 제9집
『보고픔이 자라고 자라서』

한실 문예창작 동인지 제10집
『처음 사랑』

한실 문예창작 동인지 제11집
『마냥 좋아서』

한실 문예창작 동인지 제12집
『그대는 나의 누구인가』

오늘의 수필집 Series

오늘의 수필집 제1권

그곳 봄은 맛있었다
최세환 지음 / 288면

오늘의 수필집 제2권

바람 따라 구름 따라 별빛 따라
유양업 지음 / 288면